Dieses Buch gehört:

....

Dieser Titel ist auch als Hörbuch erschienen

Originalausgabe

Gesamtgestaltung und Satz: Christina Krutz, Biebesheim am Rhein
Einbandmotiv und Illustrationen: SaBine Büchner
Gesetzt aus der AG Schoolbook Two
Druck und Einband: Livonia Print, Riga

Printed in Latvia
ISBN 978-3-414-82565-0

5 4 3 2

Sie finden uns im Internet unter: www.luebbe.de

FSC
www.fsc.org
MIX
Papier aus verantwortungsvollen Quellen
FSC® C002795

Sabine Städing

Petronella Apfelmus
Wer schleicht denn da durchs Erdbeerbeet?

Mit Bildern von SaBine Büchner

Boje

Dieser Titel ist auch als Hörbuch erschienen

Originalausgabe

Gesamtgestaltung und Satz: Christina Krutz, Biebesheim am Rhein
Einbandmotiv und Illustrationen: SaBine Büchner
Gesetzt aus der AG Schoolbook Two
Druck und Einband: Livonia Print, Riga

Printed in Latvia
ISBN 978-3-414-82565-0

5 4 3 2 1

Sie finden uns im Internet unter: www.luebbe.de

MIX
Papier aus verantwortungsvollen Quellen
FSC® C002795

Inhalt

Gurkenhut ist zornig

Petronella liebte den Frühling. Die Vögel zwitscherten, und auf der Wiese blühten die Osterglocken. Die Apfelmännchen hatten alle Hände voll zu tun. Sie trugen trockene Äste für das Osterfeuer in den hintersten Winkel des Gartens.

Petronella öffnete das Fenster. Lea und Luis ließen einen Drachen steigen, und ihr Vater, Bäckermeister Kuchenbrand, stellte zum ersten Mal in diesem Jahr Tische und Stühle vor dem Café auf.

„Es ist viel zu wenig Wind!", rief Lea. „Du musst schneller laufen, Luis. So kriegen wir den Drachen nie in die Luft!"

Die Apfelhexe lächelte und griff
nach ihrem Zauberstab.

„Enemene Sausewind,
durch die Lüfte, lau und lind.
Luftikuss und Feuerwanzen,
lass Drachen hoch im Winde tanzen!
Hex Höx!“

Kaum hatte Petronella den Zauberspruch ausgesprochen, fuhr ein Wind durch die Zweige. Er packte den Drachen der Kinder und trug ihn hoch in die Luft.
„Jippie!“, rief Luis. „Na, was sagst du nun?“
Lea sah hinauf in den Apfelbaum. „Danke, Petronella!“, rief sie.

Das Lächeln der Apfelhexe wurde noch ein bisschen breiter. Dann seufzte sie. Heute stand der Frühjahrsputz an. Und weil sie den Zauberstab gerade in der Hand hatte, ließ sie einen Wassereimer mit Putzlappen heranschweben und deutete auf ihr Fenster.

„Einmal blitz und blank bitte!“ Klirr! Oje! Erschrocken schlug Petronella die Hand vor den Mund. Die Scheibe hatte einen riesigen gezackten Sprung bekommen.

„Verflixt!“, schimpfte die Apfelhexe.

Lucius steckte den Kopf zur Tür herein. „Na, das mit dem Blitz hat ja prima geklappt!“, brummte er. „Es heißt: blink und blank! Wann merkst du dir das endlich?“

„Du hast ja recht“, gab Petronella kleinlaut zu. Sie strich mit der Spitze ihres Zauber-stabs über die Fensterscheibe. Und schon

war sie wieder heil. Also noch einmal.
„Blink und blank!“, rief sie. Sofort fiel der Putzlappen in den Eimer und klatschte dann gegen die Fensterscheibe. Um den Rest brauchte sich die kleine Hexe nicht mehr zu kümmern. Und das war auch gut so. Denn in diesem Moment kam Gurkenhut zur Tür herein.
„Das musst du dir ansehen!“, schimpfte er. „Jemand hat alle Erdbeerpflanzen platt getreten … Ich habe so was noch nie gesehen.“ Der Chef der Apfelmännchen sah empört von einem zum anderen.
„Was ist denn los?“, wunderte sich Lucius.
„Das habe ich doch eben gesagt!“, rief der Apfelmann. „Die Erdbeerpflanzen, die wir im letzten Sommer gesetzt haben, sind völlig zermatscht! Es sieht aus, als hätte sich jemand zwei Bügelbretter unter seine Füße geschnallt und wäre durch das Beet gestapft.“

„Du meinst, jemand hat die jungen Pflanzen mit Absicht zertreten?“ Petronella runzelte die Stirn.
„Ganz genau!“, nickte Gurkenhut. „Kommt mit, dann könnt ihr euch selbst davon überzeugen.“

Das ließen sich Petronella und Lucius nicht zweimal sagen. „Wir treffen uns bei den Erdbeerbeeten!“, rief die Apfelhexe und hüpfte auch schon auf den Ast vor ihrer Haustür. „Beeil dich, Lucius!“
„Ich bin doch schon da“, brummte der Hirschkäfer und ließ die kleine Hexe auf seinen Rücken steigen. Dann breitete er die Flügel aus und summte zwischen den Apfelbäumen davon.

Wer war das?

Lucius drehte eine Runde über den Beeten und landete dann im Gras. Sofort rutschte Petronella von seinem Rücken. Sie schüttelte die Apfelkerne in ihrer Rocktasche und stand in voller Hexengröße da. Die Apfelmännchen hatten sie bereits erwartet und sahen die Hexe gespannt an.
„Na, was sagst du nun?“, fragte Gurkenhut grimmig.
„Die Arbeit hätten wir uns schenken können!“, schimpfte Spargelzahn. Der Apfelmann hatte recht. Alle Erdbeerpflanzen waren zertreten worden.
„Es sieht aus, als wäre Bohnenhals mit

seinen Wasserskiern darübergebrettert“, fand Karottenwams.
„Ich fahre nur auf dem Mühlteich Wasserski und nicht auf Erdbeerbeeten“, murrte Bohnenhals.
„Stimmt! Und nur wenn Bommel dich zieht“, lachte Rübenbach.
Petronella rieb sich nachdenklich das Kinn.

Piep
Piep
Piiiep

„Vorsicht! Drachen im Anflug!“, rief Lucius.
Und im nächsten Moment krachte der Drachen der Zwillinge neben den Apfelmännchen ins Gras. Wie die Wassertropfen spritzten sie auseinander.
Da bogen auch schon die Zwillinge um die Brombeerhecke.
„Au Backe!“, rief Luis. „Ist jemand verletzt?“
„Nein!“, knurrte Gurkenhut und rückte seinen Hut zurecht.
„Tut uns leid“, sagte Lea zerknirscht. „Die Schnur ist gerissen.“
„Warum steht ihr hier alle herum?“, wollte Luis wissen.
„Jemand hat die Erdbeeren zertrampelt“, antwortete Spargelzahn und sah den Drachen misstrauisch an.
„Die Blätter sind ja richtig zermatscht!“, rief Luis.

„Wer macht denn so was?“, wunderte sich Lea.

„Einer, der Spaß daran hat, Erdbeeren zu zertrampeln“, knurrte Gurkenhut.

„Der muss aber große Füße haben!“, wunderte sich Lea.

„Stimmt“, fand auch ihr Bruder. „Das ist mindestens Schuhgröße 98.“

Petronella hatte die ganze Zeit geschwiegen. Jetzt ging sie in die Hocke und besah sich die Sache genau. „Es müssen zwei sein“, sagte sie schließlich.
„Zwei?!“, riefen die anderen.
„Ein Großer und ein Kleiner!“ Die kleine Hexe deutete auf die Abdrücke, die in der lockeren Gartenerde gut zu sehen waren.

„Petronella hat recht!“, rief Lea. „Vor den zwei großen sind noch zwei kleine Spuren.“

Spargelzahn kratzte sich am Kopf. „Die sehen aber nicht nach Menschenfüßen aus.“

„Wer hat gesagt, dass es Menschenfüße sind?“, fragte Petronella. „Mir fallen auf Anhieb zehn magische Wesen ein, die solche Spuren hinterlassen. Kommt mit! In meinem Apfel habe ich ein Lexikon der magischen Wesen. Wenn wir die beiden Erdbeeren-Platt-Trampler darin nicht finden, will ich quaken wie ein Ochsenfrosch.“

„Ich bin gespannt“, sagte Spargelzahn. „Wer zuerst im Apfel ist …“

„Seid vorsichtig. Mama hängt im Garten gerade Wäsche auf!“, warnte Lea ihre Freunde.
„Kein Problem!“, lachte Petronella. „Ich fliege auf Lucius. Und euch darf eure Mama ja ruhig sehen. Bis gleich!“ Und mit diesen Worten schwirrte sie auch schon davon.

Rätselraten

Wenig später kletterten die Zwillinge die magische Strickleiter zu Petronellas Apfelhaus hinauf. Mit jeder Leitersprosse wurden sie kleiner und kleiner. Oben angekommen waren sie so klein, dass sie bequem in das Apfelhaus passten.
Schnell liefen sie in Petronellas gemütliches Wohnzimmer.
Die kleine Hexe beugte sich schon über ein dickes Buch.
„Habt ihr was gefunden?“, fragte Luis gespannt.
„Der kleinere Fußabdruck gehört vermutlich einem fransigen Milchling“, brummte

Gurkenhut. Der Apfelmann sah Petronella neugierig über die Schulter.

„Vielleicht hast du recht“, murmelte die Apfelhexe und blätterte weiter. „Ha! Das ist

der Kerl!“ Aufgeregt deutete sie auf ein zottiges blaues Monster. „Der schnurrbärtige Schnürentreter! Er ist lang und dünn und hat ziemlich große Füße.“

„Nein.“ Lea verzog das Gesicht. „Seine Füße sind nicht lang genug.“
„Ich tippe auf einen Feuerputz!“, meldete sich Karottenwams zu Wort.

„Der lebt nur in den Bergen“, erwiderte Petronella. „Aber hier! Was haltet ihr von dem zänkischen Zitterzahn? Er zeigt sich oft in Begleitung eines fransigen Milchlings.“

Doch die anderen schüttelten den Kopf. Ungeduldig blätterte die Apfelhexe weiter. „Es ist wie verhext“, murmelte sie. „Ich kann nichts Brauchbares finden. Wir müssen eigene Nachforschungen anstellen.“

„Aber vorher …“, Spargelzahn lächelte listig, „… musst du quaken wie ein Ochsenfrosch.“
„Warum?“, wunderte sich Petronella.
„Weil du es versprochen hast“, erinnerte sie Rübenbach. Er hielt ihr die Dose mit den verhexten Lebkuchen unter die Nase.
„Na schön“, brummte die Apfelhexe und griff in die Keksdose. „Ochsenfrosch!“, verlangte sie und schob sich einen Keks in den Mund. Gespannt sahen die anderen sie an. Petronella pustete die Backen auf, öffnete den Mund und

sagte: „Quak, quak, QUAK! Zu-quak-frieden?“

„Hihihi, hohoho!“, lachten alle. „Sehr zufrieden!“

Eine unheimliche Beobachtung

Das war wirklich eine seltsame Geschichte. Den ganzen Tag hatten die Zwillinge im Garten auf der Lauer gelegen, aber das geheimnisvolle Wesen ließ sich einfach nicht blicken. Enttäuscht gingen sie abends ins Bett. Mitten in der Nacht wachte Lea plötzlich auf. Im Garten, direkt vor ihrem Fenster, war etwas umgefallen. „Nanu?“ Verwundert stand sie auf und sah hinaus. Da bewegte sich etwas in der Dunkelheit … Und flatterte gleich darauf weg.
„Ein Geist!“, rief Lea erschrocken.
„Ein Geist?!“ Luis war sofort hellwach und sprang aus dem Bett. „Wo?!“

32

„Da… da… dahinten!“ Mit zitterndem Finger zeigte Lea nach draußen. Und wirklich. Zwischen den Apfelbäumen schwebte ein weißes Gespenst. Es stieg in die Höhe, sank zurück auf den Boden und drehte sich dreimal um sich selbst. Mit großen Augen beobachteten die Zwillinge das Geschehen. Da kam das Gespenst mit einem riesigen Satz direkt auf sie zu. Blitzschnell zog Luis die Vorhänge zu, und die Kinder sprangen in ihre Betten. Lea versteckte sich unter ihrer Bettdecke und lauschte. Sie zählte bis hundert, aber nichts passierte. „Was sollen wir jetzt machen?“, flüsterte sie nach einer Weile und schaute unter ihrer Decke hervor. Auch Luis hatte sich im Bett verkrochen. Jetzt lugte er vorsichtig darunter hervor. „Keine Ahnung. Aber ich gehe auf keinen Fall nachsehen!“
„Ich auch nicht“, sagte Lea. „Wie spät ist es?“

Luis warf einen Blick auf seine Armbanduhr, deren Ziffern im Dunkeln leuchteten. „Es ist Mitternacht“, flüsterte er.
„Geisterstunde!“, stöhnte Lea und verschwand wieder unter ihrer Bettdecke.
„Hoffentlich hat Petronella die Tür zu ihrem Apfelhaus gut abgeschlossen.“
„Hoffentlich haben Mama und Papa die Tür zu unserem Haus gut abgeschlossen“, brummte Luis. „Um Petronella brauchst du dir keine Sorgen zu machen. Sie ist eine Apfelhexe. Mit einem Geist wird sie leicht fertig.“

Gleich am nächsten Morgen liefen die Kinder hinaus in den Garten. Die Sonne schien, und die Vögel zwitscherten.
„Jetzt ist es überhaupt nicht mehr gruselig“, fand Lea.

Luis nickte. „Vielleicht finden wir eine Spur.“
„Das Gespenst ist in diese Richtung geflogen!“, rief Lea und sauste los. Luis war ihr dicht auf den Fersen. Plötzlich blieb er stehen und packte seine Schwester am Arm. In Petronellas Brombeerhecke hatte sich etwas verfangen.
„Der Geist“, flüsterte Lea.

„Glaubst du, er ist gefährlich?“, fragte Luis. Seine Schwester schüttelte den Kopf. „Ich glaube nicht, dass sie bei Tag spuken können.“
Schritt für Schritt gingen die Zwillinge auf die Hecke zu. Plötzlich lachte Lea laut auf. „Das Gespenst kenne ich! Es liegt manchmal in deinem Bett.“
„Was?!“ Luis sah sie verdutzt an. Dann lachte auch er. „Mein Bettlaken!“, rief er erleichtert. Schnell zerrte er das Laken aus der stacheligen Brombeerhecke.
„Guck mal. Da sind Fußabdrücke drauf“, meinte Lea. „Unser Geist muss über das Laken gestolpert sein.“
„Die Spuren sehen genauso aus wie die Abdrücke im Erdbeerbeet“, fand Luis.
Lea runzelte die Stirn. „Leider sind wir immer noch kein bisschen schlauer als vorher.“

Spargelzahn hat eine Idee

Auch Spargelzahn hatte in der Nacht kein Auge zugetan. Er hatte wachgelegen und darüber nachgedacht, wer wohl so seltsame Fußabdrücke in den Beeten hinterließ.
Früh am Morgen hielt er es nicht mehr im Bett aus. Er zog sich an und lief zu den fünf Hühnern in den Stall. „Guten Morgen!“, grüßte der Apfelmann.
„Pork!“, antwortete Nofretete. Sie war die Chefin im Stall.
„Jemand hat die Erdbeeren in Petronellas Beet zertrampelt“, kam Spargelzahn sofort zur Sache. Wie viele magische Wesen konnten auch die Apfelmännchen mit den

Tieren sprechen. „Habt ihr vielleicht eine Idee, wer das gewesen sein könnte?“

„Pork, gack, gack, put ...!“, gackerten alle fünf Hühner durcheinander.

„Langsam, langsam! Ich verstehe kein Wort“, beschwerte sich Spargelzahn.

Sofort verstummten die Hühner. „Put!“ Schneeweißchen schüttelte ihr Gefieder. „Wenn du mich fragst, kann es nur einer gewesen sein ...“

„Einer? Wir glauben, es waren zwei“, staunte Spargelzahn.

„Unsinn! Pork, pork, pick!“, gackerten die Hühner. „Es war ganz sicher das Riesenkaninchen!“, krähte Anakonda.

„So ist es!“, bestätigte Tarantula. „Es hat uns gestern alle Körner weggefressen!“

„Ein Riesenkaninchen, soso“, murmelte Spargelzahn. „Könnt ihr es mir vielleicht beschreiben?“

Anakonda
Rosenrot
Nofretete
Tarantula
Schneeweißchen
Pork!
fit
WC
gack!
put!
...!
gack!

„Oooh, das ist nichts für schwache Nerven …“, warnte Schneeweißchen.
„Es sieht grausig aus“, piepste auch Rosenrot. „Es hat schreckliche Zähne und scharfe Klauen …“
„Unsinn!“, unterbrach Anakonda sie. „Es sieht aus, wie Riesenkaninchen eben aussehen. Lange Ohren, Mümmelnase, große Füße …“
„Große Füße?“, horchte Spargelzahn auf.
Die Hühner nickten. „Als Nofretete es in die Ohren gepickt hat, ist es weggelaufen und hat sich in der Wäscheleine verheddert! Pork, put, put …“

„Ein Riesenkaninchen.“ Spargelzahn wurde ganz aufgeregt. „Das könnte passen“, murmelte er. „Ihr habt mir sehr geholfen!“ Und mit diesen Worten rannte er auch schon davon.

Lea und Luis waren inzwischen auf dem Weg zu Petronella. Sie wollten ihr das Bettlaken unbedingt zeigen. Eilig kletterten sie damit die Strickleiter zu Petronellas Apfelhaus hinauf. Die Haustür stand offen, und die Zwillinge konnten Gurkenhuts aufgeregte Stimme hören. „Stell dir vor: Es hat den Schlafkobel der Siebenschläfer gefressen!“
„Potz Blitz!“, rief Petronella. „Der Spuk muss ein Ende haben.“
„Guten Morgen!“, riefen Lea und Luis. „Schaut mal, was wir gefunden haben.“ Sie breiteten das Laken auf dem Fußboden aus.

Neugierig beugten sich Petronella und Gurkenhut darüber. „Es sind die gleichen Fußabdrücke wie in den Beeten“, stellte der Apfelmann fest.

Petronella nickte grimmig. „Ich werde die Nebelgeister ausschicken!“
„Ähm, musst du ihnen nicht zuerst sagen, wonach sie suchen sollen?“, fragte Lea.
Petronella seufzte. „Du hast ja recht“, gestand sie.
In diesem Moment kam Spargelzahn zur Tür herein. „Ich weiß, wer es war!“, trompetete er.
„Du weißt, wer es war?“, riefen alle wie aus einem Mund.
„Jep!“ Spargelzahn lächelte listig. „Es war … das Riesenkaninchen!“
„Das Riesenkaninchen?! Was soll das denn sein?“, rief Gurkenhut verblüfft.
Die Zwillinge fingen an zu kichern. „Bist du sicher?“, fragte Luis.
„Natürlich bin ich sicher!“, gab Spargelzahn beleidigt zurück. „Fragt die Hühner, wenn ihr mir nicht glaubt.“

„Ich habe noch nie von einem Riesenkaninchen gehört“, gestand Petronella.
„Ich auch nicht“, sagte Lea.
„Dann lass uns sofort in den Hühnerstall gehen und nach Spuren suchen“, schlug Luis vor. „Kommst du mit, Lea?“
„Logisch. Aber zuerst bringen wir das Laken zu Mama, damit sie es noch mal waschen kann.“

Das Riesenkaninchen

Die Zwillinge waren gerade auf dem Weg ins Haus, als ihnen ihr Vater über den Weg lief. „Wollt ihr zu mir?“, rief er gut gelaunt. Die Kinder schüttelten den Kopf. „Nein, zu Mama. Das Laken ist von der Leine gefallen. Jetzt muss es noch mal gewaschen werden.“ Lea rollte das Laken aus.
„Oje!“, lachte ihr Vater. „Das sieht aus, als wäre ein Känguru darübergehüpft. Aber die gibt es ja bloß in Australien.“ Und mit diesen Worten verschwand er in seiner Backstube. Die Zwillinge sahen sich erstaunt an. „Ein Känguru?!“
„Ich habe ein Buch mit Tierfährten!“, rief Lea

und eilte in ihr Zimmer. Dort holte sie das große Buch aus dem Regal und blätterte es eifrig durch.
„Und? Hast du was gefunden?“ Luis sah ihr ungeduldig über die Schulter.
Lea nickte. „Papa hat recht“, flüsterte sie. „In Petronellas Garten lebt ein Känguru.“

Mit dem Buch unter dem Arm rannten die Zwillinge zu Petronella. „Wir wissen jetzt, wer in deinem Garten wohnt!“, schnauften sie, als sie im Apfelhaus ankamen.
„So?“ Neugierig sahen Petronella, die Apfelmännchen und Lucius die Kinder an.
„Ja, seht mal her!“ Lea legte das Buch auf den Tisch. „Die Spuren hier sehen genauso aus wie die Abdrücke in den Beeten.“
„Das stimmt“, gab Petronella zu. „Und von welchem Wesen stammen sie?“
Luis blätterte die Seite um, auf der ein schönes Foto zu sehen war. „Von einem Känguru“, lachte er.
„Und die beiden kleinen Abdrücke gehören auch nicht zu einem fransigen Milchling, sondern sind die Vorderfüße des Kängurus. Beim Fressen stützt es sich damit ab“, ergänzte Lea.
„Das soll ein Kennewu sein?“, wunderte sich

Spargelzahn. „Ich finde, es hat große Ähnlichkeit mit dem Riesenkaninchen."
„Känguru, nicht Kennewu!", sagte Gurkenhut streng. „Kängurus können weite Sprünge machen und tragen ihre Babys im Beutel."

Der Apfelmann kratzte sich am Kopf.
„Allerdings leben sie in Australien."
„Und was macht es dann in unserem Garten?", summte Lucius.
Petronella rieb sich die Nase. „Das werden wir gleich herauskriegen!" Sie lief in ihr Schlafzimmer und kam mit dem Glas Nebelgeister zurück, das sie unter ihrem Bett aufbewahrte. Schnell öffnete sie den Deckel und griff nach ihrem Zauberstab.

„Schiefe Tanne, Krötenmeister,
aus dem Glas, ihr Nebelgeister!
Fliegenpilz und Hexenschuh,
findet dieses Känguru!"

Wie die Blitze zischten die Nebelgeister aus dem Fenster. An der frischen Luft wurden sie größer und größer. Dann drehten sie sich einmal im Kreis und hatten auch schon eine Fährte gefunden.

Petronella und ihre Freunde folgten ihnen in den Garten und ließen die Geister nicht aus den Augen.

Die weißen Gestalten flogen in den hintersten Winkel des

Gartens und verschwanden hinter dem Holzstapel, den die Apfelmännchen für das Osterfeuer zusammengetragen hatten.
Die Äste zitterten, der Boden bebte, dann waren sie wieder zurück. Sie stiegen in die Luft, und in ihren nebligen, kalten Armen zappelte tatsächlich ein echtes Känguru.
„Schiefe Tanne, Krötenmeister, zurück ins Glas, ihr Nebelgeister!“, rief Petronella.
Sofort ließen die Geister das Känguru wie einen nassen Sack zu Boden plumpsen und kehrten in ihr Glas zurück.
Petronella sah den seltsamen Gast neugierig an. „Guten Tag!“, sagte sie dann in der Känguru-Sprache. „Darf ich fragen, was du in meinem Garten tust?“
Das Beuteltier machte einen kleinen Hüpfer.
Die Apfelmännchen sprangen erschrocken zur Seite. „Ich …“, mümmelte das Känguru.
„Ich habe mich verhüpft!“

„Verhüpft? Wo kommst du denn her?“, fragte Petronella.

„Aus dem Zoo“, antwortete das Känguru.

„Dort ist es manchmal ziemlich langweilig.

Also bin ich eines Nachts durch den Zaun

geschlüpft und habe mir die Welt angesehen."

„Die Welt angesehen?! Du hast unsere Erdbeeren zertrampelt", grollte Gurkenhut.

„Da waren keine Erdbeeren, nur Blätter ...", verteidigte sich das Känguru. „Und die haben nicht mal besonders geschmeckt."

„Ach, sie haben dir nicht mal geschmeckt!", brauste Spargelzahn auf. „Ich hätte im Sommer sehr gerne Erdbeeren mit Schlagsahne gegessen."

Petronella legte ihm beruhigend die Hand auf die Schulter.

Das Känguru machte erneut einen kleinen Hüpfer und sah traurig in die Runde. „Ich würde jetzt gerne wieder zurück zu meiner Familie im Zoo. Aber leider finde ich den Weg nicht mehr."

Petronella lächelte. „Du hast Glück, ich bin nämlich eine Apfelhexe. Für mich ist es ein

Leichtes, dich wieder zurückzubringen." Sie winkte mit dem Zauberstab, und ein alter Bollerwagen rollte heran. „Steig ein!", sagte sie. „Und halte dich gut fest …"

„Kann uns vielleicht jemand erklären, was hier los ist?", fragte Luis. Die Kinder hatten natürlich kein Wort der Unterhaltung verstanden.

Die Apfelhexe lachte. „Das erledigt Gurkenhut. Ich bringe das Känguru jetzt zurück in den Zoo!"

„Das habe ich mir gedacht", strahlte Lea. „Und morgen gehen wir es alle zusammen besuchen, oder?"

„Abgemacht!", versprach Petronella. Sie pfiff nach ihrem Besen und hielt mit der anderen Hand den Bollerwagen fest.

„Na los, steig ein",
sagte sie freundlich.

Das Känguru überlegte nicht länger. Mit einem Satz sprang es in den kleinen Wagen und hielt sich gut fest.
Petronella lächelte. „Nach oben hinaus und nirgends an!“, rief sie. Und mit diesen Worten flog sie samt Känguru davon.